LE DESPART FVNESTE.

IDILE

Du Sieur de RAMPALLE.

A PARIS,

Chez {
ANTOINE DE SOMMAVILLE, à l'Escu de France, dans la Salle des Merciers.
ET
AVGVSTIN COVRBE', Lib. & Impr. de Monf. Frere du Roy, à la Palme, en la mesme Salle.
} au Palais.

M. DC. XXXXII.

AVEC PRIVILEGE DV ROY.

L'IMPRIMEVR, AV LECTEVR.

CEVX qui ont veu les precedens Idiles de cét Auteur, n'ont pas besoin d'autre persuasion, pour exciter leur curiosité de voir cettui-cy. Dans les premiers il a tasché d'imiter les estrangers ; Mais ce dernier est purement sien : & comme il a vn particulier Genie à descrire les choses, il choisit tousiours de petits sujets, pour les embellir de tous les aggréemens que l'Art peut souffrir: Si ce dessein luy a reüssi dans cette piece, ie vous en laisse le iugement. Mais vous aduoüerez si ie ne me trompe, que la disposition en est ingenieuse,& j'ose dire, que ceux qui ayment la belle melancolie, y treuueront peut-estre autant de beautez, que dans la gayeté des autres.

LE
D'ESPART
FVNESTE.

A nuit la plus obscure, & la plus mal-
heureuse
Qui vid jamais dissoudre vne estreinte
amoureuse;
Plioit son noir manteau, pour sortir du sejour
Où l'aimable Amarante estoit morte d'Amour,
Et portoit en fuyant vers sa demeure sombre,
Vn crêpe, que son dueil auoit fait de son ombre.

La Courriere du iour, qui vient d'vn air riant
Ouurir tous les matins, les portes d'Oriant,

A

Sortoit demy voilée, & contre sa coustume
Paroissoit tenebreuse où le Soleil s'allume;
Ses yeux qui font couler des perles sur les fleurs,
Pour monstrer son regret ne versoient que des pleurs,
Et loin du riche esclat, qu'en sa pompe elle estale,
On ne la vid iamais si tremblante, & si pasle.

L'air estoit agité par les dolens Zephirs
Qui changeoient leur haleine en de tristes souspirs,
La terre souhaitoit d'eternelles tenebres,
Et par des sentimens langoureux & funebres,
Voulant nourrir son dueil dedans l'obscurité,
Ne voyoit qu'à regret la naissante clarté.

En fin dans la douleur d'vne telle aduanture,
Vn frisson general saisissoit la nature,
Quand l'objet malheureux, que la rigueur du sort,
Touchoit plus viuement, en cette iniuste mort;
Le desolé Filinte, accablé de tristesse,
Et parmy tant de trouble eschapé de la presse,
Sortit du lieu fatal, où ie crois qu'en effet
La mort mesme, pleuroit du coup qu'elle auoit fait.

Dés qu'il peut esuenter la douleur de son ame,
Et plaindre en liberté le malheur de sa flamme,
Cét Amant esperdu poussa mille sanglots,
Deux ruisseaux, par ses yeux, coulerent à grands flots,

Et ſes poulmons enflez, ſembloient auoir enuie
D'exhaler en ſouſpirs les reſtes de ſa vie:
Son eſprit eſgaré laiſſe eſgarer ſes pas,
Et ſon regard voilé des horreurs du treſpas,
Ne trouue point d'objet dans ſa route incertaine,
Qui ne ſemble gemir, & parler de ſa peine.

L'an rouloit ſur nos chefs la maligne ſaiſon,
Où le flambeau du iour porte ſur l'horiſon
Des rayons embraſez, à qui la Canicule
Communique en paſſant, le venin qui la bruſle;
Ainſi meſme en naiſſant, pour ſes regards aymez,
Cét Aſtre ne lançoit que des dards enflammez,
Lors que Filinte errant comme le ſort le guide,
Et couuant en ſon cœur vn deſſein homicide,
S'arreſte pres d'vn bois, où chancellant d'ennuy
Il rencontre vn vieux tronc qui luy ſeruit d'appuy,
Et leuant au Soleil ſa paupiere mourante,
Que ne ſuis-tu (dit-il) l'eclypſe d'Amarante?
Cruel pere du iour qui ſçais l'art de guerir,
Et qui pourtant n'as peu l'empeſcher de mourir:
Voy la nuit de mon cœur, voy ſes ombres fune-
    bres,
Couure toy comme luy d'horreur, & de tenebres,
Et ne penſe plus voir rien d'aymable, & de beau,
Les Graces, & l'Amour, la vont ſuiure au tombeau.

Mais n'eſt ce point l'eſclat de ſa belle lumiere,
Qui redouble aujourd'huy ta clarté couſtumiere?
T'es-tu point enrichy de ces vivans eſclairs
Qui luiſoient dans ſes yeux ſi brillans, & ſi clairs?
Et l'amoureuſe ardeur qui conſumoit ſon ame,
S'eſt elle point vnie à tes rayons de flamme?
Ah! non, ce noble feu dont ſon cœur fut atteint,
Sous vne froide cendre eſt deſormais eſteint,
Et le tien qui iamais ne parut plus extreme,
Tout violent qu'il eſt, prend ſa ſource en toy-meſme;
Tu bruſles de courroux voyant que les mortels
T'alloient en ſa perſonne eſleuer des Autels;
Et ton œil flamboyant eſclate ainſi de rage,
Que la Parque inhumaine ait deſtruit ton image.
Pourſuy ce Zele ardant, bruſle tout ſi tu veux,
Et pour mieux t'embraſer prens encore mes feux;
Puis que le coup mortel qui cauſe ma diſgrace,
D'vn Amant tout de flamme, en a fait vn de glace;
Au lieu des chauds deſirs qu'excitoient ſes appas,
Il ne me reſte plus que celuy du treſpas.
Ie meurs de viure encore, & toute mon enuie
C'eſt d'aller à la mort pour rejoindre ma vie,
Et de faire acheuer à ſon dard ſans pitié,
Le coup qui de mon ame a rauy la moitié.
Dieux! ay-je pû ſouffrir ce partage funeſte
Sans perdre en meſme temps, l'autre part qui me reſte

Vous

Vous estes donc fermez, beaux yeux flambeaux d'A-
mour,
Et ie ioüis encore de la clairté du iour;
Voftre dernier fouspir, chere ame que i'adore
N'a pas efteint ma vie, & ie refpire encore!
Ah! terre abyfme toy fous les pieds d'vn Amant
Qui depuis ce malheur, a pû viure vn moment;
O Ciel lance ta foudre, & reduis en pouffiere
Ce cœur qui tient encor mon ame prifonniere!
Donc pour eftre fans fer, fans cordeau, fans poifon,
Elle ne pourra point efchapper de prifon?
O Parque impitoyable, & fourde a qui t'apelle,
Veux tu rendre en moy feul la douleur immortelle:
Quoy? dans la fombre horreur de ce bois retiré
N'exauceras tu point, vn cœur defefperé,
Courons au precipice, & qu'vn faut nous deliure
Des maux que fait la vie à qui ne veut plus viure:
* Il parloit refolu du choix de fon trefpas,*
Ma's au point qu'il defmarche, il fent au premier
* pas*
Vne main qui tout court par derriere l'arrefte;
Filinte en eft furpris, & voit tournant la tefte,
Vn Berger qui de Zele, & de crainte agité,
S'eftime trop heureux de l'auoir arrefté:
C'eftoit le fage Ergafte, à qui le fort contraire
Fit prendre vne retraite en ce lieu folitaire,

B

Lors qu'eſtant mal traitté de Fortune, & d'Amour,
Il prefera les champs aux Pompes de la Cour ?
    Tandis que ſon troupeau, repoſoit à l'ombrage,
Il rêuoit par bonheur au bord de ce bôcage,
Où Filinte aborda, ſi tranſporté d'ennuy
Qu'il luy fut bien aiſé de s'approcher de luy,
Et le ioindre à propos, quand l'effort de ſa peine
Alloit borner ſes iours d'vne mort inhumaine.

    I'ay, dit-il, par vous meſme appris voſtre mal-
    heur,
I'eſcoutois vos regrets, ie ſçay voſtre douleur,
Et ſi ie la croyois capable de remede,
Ie voudrois par mon ſang, vous y donner de l'aide;
Mais puis que le deſtin qui tient tout en ſes mains
Diſpoſe abſolument de l'eſtat des humains,
Et que tous les tranſports d'vn Amour veritable
Ne ſçauroient détourner ſon ordre inéuitable;
Chaſſez de voſtre eſprit cette noire fureur,
Qui vous porte à chercher vn treſpas plein d'horreur;
Diſſipez les brouillars de voſtre ame agitée,
Qu'à ſon tour, la raiſon ſoit chez vous eſcoutée;
N'accuſez plus le Ciel par des cris ſuperflus,
Et dittes moy comment Amarante n'eſt plus :
Ainſi flattant ſon deüil pour diuertir ſa peine,
Comme il l'eut fait aſſoir à l'ombre d'vn vieux chêne,

Filinte ouure la bouche, & d'vn esprit rassis,
Poussant vn long souspir dés qu'il le vid assis,
Ah! dit-il, que vostre aide aflige vn miserable,
Que vous estes cruel pour estre pitoyable,
Vous me tuez, (Berger) croyant me secourir,
Et c'estoit me sauuer que me laisser mourir,
Helas! vostre secours prolonge mon supplice,
Loin d'alleger mon mal, vous en estes complice,
Et quand vostre bonté retarde mon trespas,
Elle commet vn crime, & ne le pense pas:
Pardonnez sage Ergaste, au dueil qui me transporte,
Si par moy vostre Zele est payé de la sorte;
Mais afin d'approuuer mon dessein violent,
Et iuger auec moy mon desespoir trop lent
A rejoindre mon bien dedans la sepulture,
Escoutez le recit de ma triste aduanture.

L'immutable destin qui vouloit nous vnir
D'vn amour que la Parque eût peine de finir,
Dés nos plus ieunes ans, alluma dans nostre ame
Les premieres ardeurs d'vne si belle flamme,
Que si les purs esprits ont de l'amour entre eux,
Sa pureté ressemble à celle de nos feux;
Nos desirs innocens commencerent de naistre
Dez que nos yeux ouuerts se pûrent reconnoistre,

Et nos langues rompant leur naturel lien
Firent en begayant leur premier entretien,
Par nos regards brillants d'vne commune ioye
Nos esprits se faisoient vne secrete voye,
Où sans que leurs desseins fussent bien entendus
Vn aize mutuel les tenoit confondus ;
Cette inclination franche & sans retenuë
Dans nos jeux enfantins paroissoit toute nuë,
Nous cedions l'vn a l'autre, & nos soins complaisans
Sans addresse imitoient l'art des vieux Courtisans,
D'vn pareil mouuement nos volontez vnies
Se portoient vers l'objet qu'inspiroient nos genies,
Et nos vœux obseruoient vn si constant accord,
Qu'ils sembloient se mouuoir par vn mesme ressort :
Nos Peres qui voyoient augmenter de la sorte
Dans vne foible enfance vne amitié si forte,
Nous monstroient par merueille, & prenoient leur
        plaisir
A nous voir consumer d'vn innocent desir ;
On ne pouuoit iamais nous separer sans larmes,
Tous les iours Amarante auoit de nouueaux charmes,
Et sans aller chercher mon destin dans les Cieux,
Ie le voyois bien mieux escrit dedans ses yeux ;
Nos chaisnes tous les iours redoubloient leur estreinte
Tous deux d'vn mesme trait nous auions l'ame
        attainte,

Chacun

Chacun de nous souffroit le mal que l'autre auoit,
Enfin (sage Berger) Amour qui se seruoit
De la commodité d'vn heureux voisinage,
Et du parfait rapport des humeurs, & de l'âge,
Fit pour ioindre nos cœurs, vn si ferme ciment,
Qu'il les vnit encor dedans le monument;
Puis que l'extreme dueil où mon ame succombe
Tient mon cœur auec elle enfermé dans sa tombe.

   Mais le Ciel trauersa le repos de nos iours
Dés qu'on nous reconnut capables de discours,
Nous perdismes la joye, auecques l'innocence,
Nostre ferme amitié n'eût plus tant de licence,
L'honneur & la raison troublerent nostre bien,
Amarante deuint froide en son entretien,
Et comme si sa flamme eût esté criminelle,
Ie la faisois rougir quand ie m'approchois d'elle;
Ses regards ne parloient, de son affection,
Qu'à trauers la contrainte & la discretion,
Et quoy que mon amour luy fût iousiours connuë,
La sienne enuers mes soins beaucoup plus retenuë,
Cachoit ses mouuemens soubs l'honneste pudeur
D'vne ame qui resiste à sa premiere ardeur.

   Cependant la fureur d'vne haine indiscrette,
Ietta dans nos maisons vne enuie secrette,

C.

Qui bannit tout commerce, & fit que nos parens
Loin de souffrir nos feux, en furent les tyrans ;
L'amitié que iadis ils trouuoient legitime
Dans leur aueuglement, eût passé pour vn crime,
Voulant de leur aigreur infecter nos esprits,
Ils tafchoient détouffer l'amour par le mespris,
Inspirant dans nos cœurs (mais pourtant sans issuë)
L'iniuste auersion dans leur ame conceuë ;
Ce malheur qui soudain me priuoit de la voir,
Ainsi qu'vn coup de foudre abattit mon espoir,
I'en eus l'ame blessée, & le dueil qui l'oppresse,
M'enueloppant l'esprit d'vne sombre tristesse,
Fit passer iusqu'au corps l'excez de son ennuy,
Et le rendit bien tost languissant comme luy ;
Les frissons desreglez d'vne fievre inconnuë
Que ses redoublemens rendirent continuë,
Dans moins de quinze iours meurent mis en vn point
Que mes plus familiers ne me connoissoient point ;
Ainsi pasle & deffait abbattu dans ma couche
Sans poux, sans mouuement, & plus froid qu'vne
    souche,
Ie n'attendois plus rien que le cizeau fatal
Qui deuoit terminer & ma vie & mon mal ;
Quand le bruit qui tousiours augmente vne auan-
    ture,
Me loge au rang des morts & dans la sepulture.

Ainſi de mon treſpas la nouuelle s'eſpand,
Et par malheur en fin Amarante l'apprend,
Elle à qui ma langueur auoit eſté cachée,
Iuſques au centre du cœur mortellement touchée,
Laiſſe agir ſur ſes ſens l'effort de la douleur,
Et tombe en vn moment ſans poux, & ſans couleur:
Ainſi peu s'en fallut que mon ſort lamentable
Ne fit d'vn faux treſpas vne mort veritable,
Tant elle fut long-temps à r'auoir ſes eſprits,
Eſtouffez dans le dueil qui les auoit ſurpris;
Mais à la fin ſon ame à demy rappellée
Creut d'oüir vne voix dans la preſſe eſcoulée,
Qui diſoit que Filinte en danger de perir,
N'eſtoit pas mort encor, mais qu'il alloit mourir;
Elle m'a dit depuis qu'entr'ouurant la paupiere
Et ſes yeux ne pouuant ſouſtenir la lumiere,
Il luy ſembla de voir mon ombre qui paſſoit,
En reclamant ſon ayde, & puis diſparoiſſoit;
Si bien qu'vn prompt deſir de m'eſtre ſecourable
Animant ſa pitié d'vne force incroyable;
Elle reuint à ſoy par vn ſoudain effort,
Et ſans bien reconnoiſtre où tendoit ſon tranſport,
Ny redouter des ſiens la colere irritée,
Forçant les bras de ceux qui l'auoient aſſiſtée
Elle vient à la chambre où i'eſtois aux abois,
Et demande à me voir pour la derniere fois;

Mes parens eſtonnez d'vn amour ſi fidelle,
Ne la rebuttent point, ont du reſpect pour elle,
Sont touchez de ſes pleurs, admirent ſa bonté,
Et nous laiſſent enſemble en toute liberté.

Quoy que de tous mes ſens i'euſſe perdu l'vſage,
Ie reconnus pourtant ſa voix & ſon viſage,
Et luy tendant la main il me prit vn deſir
De parler, mais en vain, ie ne fis qu'vn ſouſpir;
Elle a qui les ſanglots eſtouffoient la parole,
A mots entrecoupez me flatte, & me conſole,
Par des termes ſi doux, qu'ils eûrent la vertu
D'inſpirer de la force à mon cœur abbatu;
Tous ces mots (ce me ſemble) animoient ma foibleſſe,
Le plaiſir de la voir combatoit ma triſteſſe,
Et ſes beaux yeux brillans au trauers de ſes pleurs,
D'vn regard plein d'amour banniſſoient mes douleurs,
Leurs rayons qui perçoient iuſqu'au fonds de mon
        ame
Deſnoüerent ma langue, & reſueillant ma flamme,
Ie luy dis foiblement; Donc pour l'amour de moy
Vous voulez perdre tout pluſtoſt que voſtre foy,
Et pour eſtre à Filinte vn objet ſalutatire,
Vous n'apprehendez point de defenſe contraire;
Que ne vous dois ie point, las! pour tant de bontez,
Prenez ce meſme cœur que vous reſuſcitez.

A ces

A ces mots témoignant vne visible ioye,
Cher Amant (me dit-elle) à qui le Ciel m'enuoye,
Pour changer de ton mal, le succez hazardeux
Où la Parque d'vn coup en eut fait mourir deux,
Ne me crois point sensible à la haine barbare
Qui depuis quelque temps nos familles separe,
Plustost ie la deteste, & connoy chaque iour
Que cette iniuste aigreur augmente mon amour,
Ie veux estre à iamais sous tes loix asseruie,
Promets moy seulement d'auoir soin de ta vie,
Songe à ta guerison, pour nostre commun bien,
Et prolonge en viuant, ton destin & le mien.
  Quelle langueur si forte & si desesperée
N'eût trouué dans ces mots la fin de sa durée?
Ah! dije, en vous voyant on ne sçauroit perir,
Et la seule Amarante, a droit de me guerir,
Sa veuë, & son amour, estoient mon seul remede,
En vain la medecine accouroit à mon aide,
Mes maux ne procedoient que de ne vous voir pas,
Et mon cœur pres de vous ne craint plus le trespas.

  Ainsi d'vn doux espoir r'animant ma foiblesse,
Et poussant vn soufpir d'amour & de tendresse.
Il nous faut separer me dit elle, & pourtant
Mon cœur demeure icy, ie reste en vous quittant,
D

Guerissez, cher Filinte, vnique objet que i'ayme,
Et pour l'amour de moy prenez soin de vous mefme,
L'aize où ie me trouuois, ne pouuoit confentir,
A la perdre de veüe, & la laiffer fortir :
Mais lors que fa raifon eût la mienne efclairée,
Lafchant fa belle main que ie tenois ferrée,
Ie fis ceder en fin mon defir au deuoir,
Et la fuiuy des yeux tant que ie la peux voir.
Mais de grace, admirez l'effet de fa vifite,
On l'apprend à fon pere, il s'en fafche, il s'irrite,
Et prenant fa pitié pour vn peché commis,
Luy reproche aigrement d'aimer fes ennemis;
La voila deformais chez elle retenuë,
Tandis qu'en peu de iours ma fanté reuenuë,
Me donna le moyen de luy faire fçauoir
Le violent defir que i'auois de la voir;
I'appris de fon cofté la mefme impatience,
Et que mettant en moy toute fa confiance,
Elle me defcouuroit, que ie pourrois venir
Par le mur du jardin de nuit l'entretenir :
Le ciel voulant paroiftre à nos vœux fecourable
Cette commodité nous fut fi fauorable,
Que long temps fans foupçon dans ce lieu bien heu-
        reux
Nous fumes redoubler nos fermens amoureux;

Ie ne vous diray point les transports de nostre ame,
Nos soufpirs, nos langueurs, nos paroles de flamme,
Ny le ressentiment des plaisirs infinis
Qui rauissoient nos cœurs estroittement vnis ;
Sans passer toutefois cette honneste licence,
Qui ne separe point l'Amour de l'Innocence,
Tout ce que la Vertu peut souffrir en secret
D'vn Amant raisonnable, & fidelle & discret,
L'imitoit nos desirs, & suffisoit de mesme
A combler nos esprits d'vne douceur extreme :
   Mais las ! heureux momens, source de mes ennuis,
Peux ie penser à vous en l'estat où ie suis ?
Et pouuez vous trouuer place en ma fantaisie,
Auec le desespoir dont mon ame est saisie ?
Vains portraits ! à mon sort desormais superflus
Sortez de ma memoire, & n'y reuenez plus,
Que l'horreur de la mort, seul espoir qui me reste,
Y trace en vostre lieu son image funeste,
Iusqu'au terme fatal, que vos soins, ô Berger !
Pour accroistre ma peine, ont voulu prolonger ;
Oyez donc de mes maux la suite infortunée,
Et ne destournez plus ma dure Destinée.

   Celuy de qui ie tiens la lumiere du iour
Estimant son pouuoir plus fort que mon amour,

Creut que pour diuertir cette ardeur obstinée
Il falloit m'engager soubs le ioug d'Hymenée;
Artenice luy semble vn sortable party,
Il en parle, on l'escoute, & sans estre aduerty,
Ie me trouue promis: mais tant plus il me presse,
Pour m'obliger de voir ma nouuelle Maistresse,
Il me trouue si froid & si peu resolu,
Qu'il me l'ordonne en fin d'vn pouuoir absolu;
I'obeis par contrainte, & treuuant Artenice,
Ie creus qu'il luy falloit parler sans artifice,
Ie luy dis franchement, que n'estant plus à moy
Ce seroit la trahir que luy donner ma foy;
Que mon cœur ne sçauroit conceuoir d'autre flamme
Que celle qu'Amarante allumoit dans mon ame,
Que ma sincerité coniuroit sa pitié
De ne trauerser point nostre ferme amitié.

    D'vn si libre discours cette fille surprise
Admire ma constance, approuue ma franchise;
Et soit que son esprit fust ailleurs engagé,
Ou que par ce discours le mien l'eût obligé;
Elle agit pour mon bien auecques tant d'addresse,
Que son pere esclaircy reuoque sa promesse,
Et fait connoistre au mien, qu'on ne sçauroit m'oster,
Amarante du cœur sans me violenter,
Que de vouloir briser vne chaisne si belle
C'estoit vne rigueur iniuste, & trop cruelle.

En fin

Enfin qu'il me falloit laiſſer libre en mon choix,
Et que de me contraindre à ſubir d'autres loix
Ce ſeroit me forcer peut-eſtre à luy deſplaire ;
Il s'irrite à ce mot, & boüillant de colere,
Sans autre compliment le quitte, & de ce pas
Il me vient prononcer l'Arreſt de mon treſpas.

  Ie connois (me dit-il) que voſtre ame indiſcrete
Bruſle encor malgré moy d'vne flamme ſecrette,
  Et qu'au lieu de l'eſteindre, ou la diſſimuler,
Vous faites gloire ailleurs de ne la point celer ;
Il faut qu'vn prompt deſpart, & qu'vne longue ab-
    ſcence
Vous gueriſſe à la fin d'vne amour qui m'offence ;
Soyez preſt ſans delay, pour aller voir ailleurs
Si voſtre eſprit prendra des ſentimens meilleurs,
Et perdez du retour l'inutile penſée
Tant qu'il vous ſouuiendra de voſtre erreur paſſée,
Allez ou vos ayeulx ont par diuers exploits,
Merité la faueur, & l'Amour de leurs Rois,
La Cour où vous ſerez vous apprendra peut eſtre,
A ſçauoir mieux complaire à qui vous a fait naiſtre,
Ne me repliquez point, vous reſpondriez en vain,
Ie vay pouruoir à tout, vous partirez demain.

  Plus bleſſé de ce mot que d'vn coup de tonnerre,
Immobile & perclus, l'œil fiché contre terre,

E

Comme ſi j'eus deſlors preſagé mon malheur,
Ie demeuray tout ſeul en proye à la douleur,
Et ſentois redoubler ſon atteinte mortelle,
Songeant où ie deuois en porter la nouuelle;
Quelque apprehenſion que mon ame en conçeut
Ie vis bien qu'il falloit qu' Amarante le ſçeut,
Et que ce prompt deſpart qu'elle deuoit apprendre,
Faſcheux à l'annoncer, & faſcheux à l'entendre,
Nous priuant tout à coup de noſtre commun bien
Ne troubleroit pas moins ſon eſprit que le mien;
Ainſi ie me retire, attendant la nuit ſombre,
Qui ſembla redoubler la noirceur de ſon ombre,
Pour ne voir dans le dueil où nous ſerions plongez,
Le pitoyable adieu de nos cœurs affligez:
Helas! ie ſouhaitois de reuoir Amarante,
Mais mon impatiance eſtoit bien differente,
Car en ce ſoir fatal, l'heure que j'attendois
Me paroiſſoit tardiue, & ie l'apprehendois;
Mais enfin elle arriue, & me rendant prés d'elle,
Le cœur me bat au ſein, ie fremis, ie chancelle,
Et loin de pratiquer l'abord accouſtumé,
Ie tombe entre ſes bras, triſte & demy paſmé;
Sans pouuoir d'vn ſeul mot eſuenter par la plainte
Le cruel deſplaiſir dont j'auois l'ame attainte;
Il n'en falloit pas tant pour luy faire penſer
Que quelque grand malheur nous venoit trauerſer,

Elle en tremble de crainte, & plus morte que viue
Partage en gemiſſant ma douleur exceſſiue :
La frayeur & le dueil l'agitent doublement,
Elle reſte confuſe en cét euenement,
Et d'vn mal inconnu ſouffrant la violence,
Par deux ruiſſeaux de pleurs reſpond à mon ſilence;
Trois fois j'ouuris la bouche, & toutes les trois fois
Les ſouſpirs redoublez m'eſtoufferent la voix,
Les ſanglots ſeulement au fort de ma deſtreſſe,
Luy diſoient ſans parler l'excez de ma triſteſſe;
Enfin tirant du cœur vn helas langoureux,
Ie luy fis le reçit de mon ſort rigoureux,
Que d'vn pere inhumain l'ordonnance cruelle,
Par vn ſi prompt deſpart m'alloit ſeparer d'elle,
Qu'à peine il me reſtoit du loiſir en ce lieu,
Pour luy dire peut-eſtre vn eternel Adieu,
Tant cét eſloignement ennemy de ma flamme,
Apportoit de terreur & du trouble en mon ame;
Que le ſoir precedent ie n'auois point ozé
Luy parler de l'Hymen qu'on m'auoit propoſé,
De peur de la troubler, ou vanter ma conſtance,
En penſant l'eſclaircir de quelque circonſtance,
Aimant mieux qu'elle appriſt cét effet de ma foy
Par Artenice meſme, ou quelque autre que moy;
Enfin dans peu de mots ayant compris le reſte,
Mon eſprit ſe voila d'vne image funeſte,

E ij

Qui me represinta dans cét esloignement,
Tous les plus grands malheurs que peut craindre vn
     Amant :
Si bien que la douleur me referme la bouche ,
Et me laisse immobile & plus froid qu'vne souche:
Mais baigné de ses pleurs   qui couloient à grands
     flots ,
Et tendrement esmeu par ses tristes sanglots ,
En luy tendant les bras, ie sens ceux d'Amarante
Qui penchoient sur mon col d'vne façon dolente ,
Tandis que sa voix foible à mots entrecoupez ,
Monstroit bien de quel coup ses sens estoient frappez.
Ne me console point cher Filinte (dit-elle)
Ie sçay bien que par tout tu me seras fidelle ;
Mais dequoy peut seruir ton inutile foy ,
Dans cét esloignement à qui brusle pour toy ,
Et quel secours (ô Dieux !) peut esperer mon ame
Loin des regards aymez de l'objet qui l'enflamme ,
Ie sens que mon ardeur est reduite à ce point ,
Que ie perdray le iour si ie ne te voy point ,
Si ta chere presence à mes yeux est rauie ,
Ie m'abandonne aux pleurs, ie renonce à la vie ;
Il est vray, cher Filinte, en cette extremité
Ie veux bien que mon feu paroisse en liberté ,
C'est trop peu d'aduoüer simplement que ie t'ayme ;
Sçache que ton despart me rauit à moy-mesme ;
                      Et c'est

1

Et c'eſt mal exprimer ma parfaite amitié,
De dire que mon cœur ſe fend par la moitié,
Tu l'emportes entier; vne triſteſſe ſombre
Seule dans ton abſcence animera mon ombre,
Et dés ce iour fatal tous les autres ſuiuans
Tu peux bien m'effacer du nombre des viuans,
D'vn malheur ſi ſoudain mon ame eſt abbatuë,
Celuy qui nous ſepare en t'eſloignant me tuë,
Et ſi les Dieux benins n'aduancent ton retour,
Ie mourray ſa victime, & martyre d'Amour.

Ah ! ne m'affligez point d'vn ſi mauuais preſage,
(Luy di-je en ſouſpirant) ayez plus de courage,
Et dans noſtre infortune, eſperons mieux du ſort,
Quelquefois par l'orage on eſt conduit au port:
Mais n'apperçoy-ie pas l'eſtoile auant - courriere
Du plus mal-heureux iour qu'enfanta la lumiere?
Ah ! que n'eſt-elle encore au fonds de l'Occident,
Elle ameine le iour, & ie le veux perdant,
Ie vous quitte Amarante, & vous laiſſe mon ame;
Adieu, ſouuenez vous de ma loyale flamme,
Que Filinte part voſtre, & qu'vn pere en courroux
Ne ſçauroit l'empeſcher d'eſtre touſiours à vous;
A ces mots, tout d'vn coup l'vn & l'autre s'embraſſe,
Et reſtant ſans parler vn aſſez long eſpace,

E

Il sembloit à nous voir languissans, & pasmez,
Qu'Amour eût fait de nous deux corps inanimez,
Nos adieux mutuels se noyoient dans nos larmes :
Mais las ! qu'en cét estat le deüil auoit de charmes,
Et que nos yeux plaignans nostre commun malheur,
Monstroient tout à la fois d'amour, & de douleur;
Il sembloit que nos cœurs touchez de mesme enuie
Vouloient sur nostre bouche abandonner la vie,
Et que dessus ce bord chacun d'eux entreprit,
De ne se plus déjoindre, ou d'y rendre l'esprit,
Nous disions tout d'vn temps d'vne voix languis-
    sante,
Adieu mon cher Filinte, Adieu chere Amarante;
Mais à peine ces mots estoient bien commencez,
Qu'vn sanglot les coupoit à demy prononcez;
En fin par vn effet, d'vne foiblesse extreme,
Nos bras entrelassez se deslassent d'eux mesme,
Et sans dire vn seul mot chacun de son costé
Ne sçachant qui des deux a le premier quitté,
Se retire, en versant des torrents, dont la source
N'a guiere du depuis interrompu sa course.

Mais n'en demandez plus, sa mort vous dit assez,
Et mon malheur present, & nos ennuis passez;
Dispensez moy, Berger, de ce recit funeste,
Et par mon desespoir iugez de tout le reste;

Quoy que l'esprit d'Ergaste attendry de pitié
Comprist facilement le tout par la moitié,
Toutesfois pour distraire encor ce miserable,
Par vn entier recit de son sort deplorable,
Il sceut l'en coniurer auec tant de soucy,
Qu'en fin pour l'acheuer il le reprit ainsi:

Puis qu'il faut malgré-moy contenter vostre enuie,
Qui se trauaille en vain de prolonger ma vie,
Facent les Dieux (dit-il) qu'au bout de ce discours,
Mes maux trouuent leur borne en celle de mes iours;
Sçachez donc qu'aussi-tost que l'Aube palissante
Eût blanchy l'Horison de sa clarté naissante,
Ne pouuant éuiter ce despart rigoureux,
Ie me laisse entraisner à mon sort malheureux;
Mais venant m'acquiter de l'adieu domestique,
Ce fut d'vn air si triste et si melancholique,
Que si nostre Destin se pouuoit diuertir,
La pitié m'eût sans doute empesché de partir;
Pour ne voir commencer ce funeste voyage
L'Astre qui fait le iour se voila d'vn nuage,
Vn tremblement soudain me saisit en partant,
La porte s'ouure à peine, et ie bronche en sortant,
Le tronc d'vn chêne mort noircy d'vn coup de foudre
Et prés le grand chemin renuersé sur la poudre

F ij

Fut vn obiet pour moy, des moins infortunez,
Que la campagne offrit à mes yeux eſtonnez,
Tandis que deux Corbeaux croaſſoient ſur ma teſte,
Vne criarde Pie à ma gauche s'arreſte,
Puis volant d'arbre en arbre auec vn cry plaignant,
Quaſi tout le matin me vint accompagnant ;
Les Peupliers deuant moy l'armoyoient goutte à goutte,
Vn ſerpent effrayé vint trauerſer ma roûte :
Ceux que ie rencontrois, ſans connoiſtre pourquoy,
Souſpiroient preſque tous en paſſant pres de moy :
Ainſi tirant de tout vn ſiniſtre preſage,
Cent fois le repentir me fit tourner viſage,
Vn violent regret du bien que ie laiſſois,
Sembloit me retenir lors que ie m'auançois,
Et mon eſprit confus demeuroit en balance,
Entre les loix d'Amour & de l'obeiſſance :
Mais pleût aux immortels, que ce cruel deuoir,
Reſiſtant à ma flamme eût eu moins de pouuoir,
Les beaux iours d'Amarante eſteints auec ſes charmes
Ne ſeroient point icy le ſuiet de mes larmes ;
Mais trop timide fils, ou pluſtoſt laſche Amant,
Ie ſuiuis ma diſgrace en mon eſloignement.
Comme le criminel qui va ſans qu'on le traine,
Et marche malgré luy vers le lieu de ſa peine ;
Ainſi de mon deſtin ſuiuant le triſte cours,
Quoy qu'auecques regret ie m'eſloignois touſiours :

Mais

Mais soit que le Soleil se cachât dessous l'onde,
Soit que de sa lumiere il redorât le monde,
Mon ame inconsolable, & les iours & les nuits
Demeuroit abysmée en vn gouffre d'ennuis;
Tant d'obiets differens dont la Cour est pourueuë,
Qui rauissent l'esprit, & surprennent la veuë,
Ces charmantes beautez auec tous leurs appas,
Me trouuoient insensible, & ne me touchoient pas;
Dans le ressouuenir des graces d'Amarante
La plus rare beauté m'estoit indifferente;
Et ie ne voyois point de si puissans attraits
Qu'elle n'eût effacé du moindre de ses traits,
Ainsi priué d'vn bien où ie songeois sans cesse,
Les obiets de plaisir augmentoient ma tristesse,
Et tout ce qui seruoit à diuertir l'esprit,
Aigrissoit mon Martyre, & me faisoit despit;
Ie n'aymois qu'à gemir dedans la solitude,
Ie passois tout le iour auec inquietude,
Et la nuit destinée au repos des humains,
Me trauailloit encor de cent fantosmes vains.

    Mais celle qui preuint mon retour pitoyable,
Fut certes la plus noire & la plus effroyable;
Auec vn voile espais, la sombre obscurité
De tous les feux du ciel desroboit la clarté;
Lorsque parmy l'horreur des affreuses tenebres,
Mon ame estant plongée en des pensées funebres,

G

2

Ayant les yeux fermez, & voyant fans y voir,
I'apperçeus Amarante au bord d'vn gouffre noir,
Qui me tendant la main, l'œil trifte & le teint blefme
Reclamoit mon fecours en ce peril extreme;
I'y courois à grands pas, lors qu'vn fquelet hideux
Tel que l'on peint la mort fe mit entre nous deux,
Et comme i'approchois pour la tirer de peine,
Ce fantofme rendant mon affiftance vaine,
Et s'oppofant toufiours à mes foins fuperflus,
La fit choir dans l'abyfme, & ie ne la vis plus.
Au lamentable obiet d'vne telle difgrace,
L'horreur faifit mon ame, & tout mon fang fe glace,
Mes yeux noyez de pleurs s'ouurent auec effroy,
Et penfent voir encor ce fpectre deuant moy,
Ma vifion m'eftonnne, & la peur me refueille,
Au point qu'vn fon lugubre arriue à mon oreille,
Deux chiens malencontreux à ma porte affemblez
Auec des hurlemens aigus & redoublez,
Portant leur cry fafcheux vers la voûte celefte,
Perçoient l'air tour à tour de leur aboy funefte;
Ils fembloient plaindre enfemble vn finiftre fuccez,
Et ce bruit defplaifant duroit auec excez;
Quand les voulant chaffer fur le point de paraiftre
Ie trouue vn noir hibou, perché fur ma feneftre,
Qui rouloit fierement deux charbons allumez
Dans l'affreufe lueur de fes yeux enflammez,

Et d'vn prochain malheur, Auguré trop fidelle,
S'enuolant tout d'vn coup me frappa de son aisle,
Auec vn siflement dans les airs respandu,
Qui combla de terreur mon esprit esperdu ;
Ie recule effrayé, chancellant & debile,
Et tombe sur ma couche où ie reste immobile ;
Et réuant où pourroient tant de maux aboutir,
Dés que ie vis le iour ie m'appreste à sortir.
Mais à peine eus-ie fait trois pas hors de la porte,
Qu'vn funebre conuoy d'vne personne morte,
Trauersant mon chemin, ie ne peux empescher
Que la Biere en passant ne vint à me toucher ;
Et ie vis à l'instant par la dure nouuelle
Que m'apprit Iolas porteur sage & fidelle,
Qui venant tout expres m'annoncer mon retour,
N'auoit cessé de courre, & la nuit & le iour ;
Ie veis trop clairement l'effet de tant de signes
Dans le cruel aduis que ie leus en deux lignes,
,, Venez (m'enuoyoit-on) les parents sont d'accord
,, Amarante est à vous en preuenant sa mort.
Ce diligent amy voyant ma peine extreme,
Sans delay m'instruisit de tout à l'heure mesme,
Et me dit briefuement que dés le iour fatal,
De ce despart maudit d'où prouient tout mon mal,
Vne fieure inconnuë, & prompte & vehemente,
Saisit piteusement cette fidelle Amante,

G ÿ

Qui faisant des efforts pour cacher sa douleur,
Apres quelques accez de froid & de chaleur,
Cheut dans vne langueur où l'art ne voyoit goutte,
Et dés lors fit tenir sa guerison en doute;
Mais que dans ce desordre vn Medecin prudent,
Par son poux tantost foible & tantost plus ardant,
Par ses pleurs retenus & ses souspirs de flamme,
Iugea que sans faillir le mal estoit dans l'ame,
Tous crurent son aduis, à cause qu'en réuant
Elle parloit d'abscence & me nommoit souuent;
Si bien que ses parents touchez de sa constance
Déposant leur aigreur implorent l'aßistance
De mon pere attendry par ce piteux discours,
Et d'vn accord propice à nos chastes Amours,
Resoluent nostre Hymen, si le Ciel fauorable
A cette infirmité se monstroit secourable:
Mon cœur impatient n'en voulut plus sçauoir,
Et mon amour flottant dans la crainte & l'espoir,
Au trauail du chemin deuenant insensible,
Fit vne diligence à tout autre impoßible.

Mais helas! ce ne fut que pour estre aßistant
Au spectacle mortel que i'apprehendois tant,
Car cette nuit paßée abordant Amarante,
(O cruauté du sort) je la trouuay mourante;

Cét

Cét obiet de ma flamme aux extremes abois
Pasle, & sans mouuement, auoit perdu la voix;
Tous pleuroient de pitié voyant perir ses charmes,
Et mon abord ne fit que redoubler leurs larmes:
Ah! (dije en l'approchant) mon vnique soucy,
Chere ame, eussé-je crû de te trouuer ainsi,
Faut-il te recouurant que tu me sois rauie:
Pourquoy veux-tu si tost abandonner la vie.
Voy ton Filinte en pleurs, console son ennuy,
Efforce toy de viure, ou ne meurs pas sans luy;
Voy le tousiours Amant, voy le tousiours fidelle,
Amarante, oy-tu bien Filinte qui t'apelle?
A ce nom, sa langueur fait vn dernier effort,
Et pour quelques momens la desrobe à la mort;
Elle tourna vers moy son regard pitoyable,
Et me dit bassement, Filinte, est-il croyable
Qu'au moins auant ma fin, i'ay l'heur de te reuoir;
On me l'auoit promis, mais i'en perdois l'espoir;
Ils ont songé trop tard à l'vnique remede
Dont l'excez de mon mal pouuoit tirer de l'aide;
Mais ie benis les Dieux qu'en presence de tous
Ie puis auant mourir t'appeller mon espoux:
Si ta volonté dure et m'accepte pour sienne,
Prens ma main, cher Amant, & me donne la tienne.
Estouffé de sanglots & presque tout perclus,
Ie luy tendis ma main qu'ellene lascha plus,

H

Et la serrant vn peu, d'vne voix languissante
Me dit encor vn coup, Souuien-toy d'Amarante,
Ie me sens defaillir, adieu console toy,
Prens ces derniers souspirs que te donne ma foy,
La chaleur m'abandonne, & ma foible paupiere,
Te perd ne pouuant plus soustenir la lumiere;
Adieu mon cher Filin.. elle n'acheua pas,
Vne froide sueur qui preuient le trespas
S'espandit tout d'vn coup sur son visage blesme,
Et tournant vers le Ciel en ce moment extreme
Ses deux yeux entr'ouuerts, dont les foibles rayons
Du Soleil en Eclypse estoient les vrais crayons,
Il me sembla de voir enuoler sa belle ame,
Et partir de sa bouche ainsi qu'vn trait de flâme.

O Dieux! l'ay-ie peu voir, Filinte a veu perir
Cette Amante adorable, & l'a veu sans mourir?
Elle a perdu le iour et ie l'oze suruiure?
Ah! Cedons aux assauts que sa perte nous liure,
Ie me dois pour victime à ce sanglant malheur,
Et mon cœur meurt ingrat s'il ne meurt de douleur,
A ce dernier propos sa tristesse profonde,
De ses pleurs retenus lasche toute la bonde,
Et ses sanglots pressez qui durant ce discours
Auoient esté contraints de r'allentir leurs cours,

Desbordent à la fois, ainsi que la tempeste,
Murmurant quelque temps, qu'vn faux calme l'arreste
Tout d'vn coup se sousleue auec plus de danger,
Et semble en sa fureur vouloir tout submerger,
Aux sensibles transports de son dueil legitime,
Estimant que la vie est desormais vn crime;
Pour succomber plustost à son propre tourment,
Il s'abandonne tout à son ressentiment,
Et le discret Ergaste, en souspirant luy-mesme
Laisse alleger ainsi la violence extreme
De sa iuste douleur, dont il souffre l'excez,
Pour le reduire apres auec plus de succez.
Mais ô trompeur espoir, tandis que sa pensée
D'vne fin si tragique est encores blessée,
Et que le sort cruel de leur ferme amitié,
Remplit son sein de pleurs, & son cœur de pitié;
Il apperçoit Filinte au fort de sa tristesse,
Dont le corps chancellant soubs le dueil qui l'oppresse,
Et sur le mol gazon tout d'vn coup renuersé,
Ne luy presente plus qu'vn homme trespassé;
Il l'approche, il l'appelle &, d'vne main tremblante
Luy touche la poitrine encores pantelante:
Mais en le secourant d'vn inutile soin,
Il trouue qu'il expire & n'en a plus besoin,
Comme au branse inesgal des vagues agitées,
Les flots entrepoussez des ondes irrittées,

H ij

Se troublent dans leur roûte en voulant se presser,
Et par leur propre choc s'empeschent de passer.
Ainsi pour esuenter la rigueur de sa peine
Mille souspirs en foule arrestant son haleine,
Firent de ce pauure Amant vn langoureux Martyr,
En l'estouffant eux-mesmes à faute de sortir?

Le Berger admirant cette mort impreueuë,
Peut à peine accorder sa croyance & sa veuë;
Il luy rend desormais des deuoirs superflus,
Taschant de r'animer vn tronc qui ne vit plus;
Et connoist par les soins dont sa pitié l'assiste,
Que l'esprit eschappé d'vne prison si triste,
Pour reioindre le bien dont il estoit priué,
A forcé sa demeure, & s'est déja sauué:
D'vn si prompt accident sa raison estonnée,
Ne sçauroit toutefois plaindre sa destinée;
Ne pouuant estimer le trespas mal-heureux
D'vn homme à qui le sort estoit si rigoureux;
Ainsi sans murmurer il benit l'aduenture
Qui vient de l'affranchir d'vne peine si dure,
Et ne peut toutesfois saisi d'estonnement
S'empescher de gemir sur ce fidelle Amant,
Dont les amys communs allarmez par sa fuite,
Et craignant tout d'vne ame au desespoir réduite,

Apres

Apres l'auoir en vain cherché dez le matin,
Apprirent en ce lieu son funeste destin :
Le bois incontinent retentit de leurs plaintes,
Ils gemissent trouuant cét effet de leur crainte,
Et surpris de pitié, de regret & d'ennuy,
Semblent en le voyant presque aussi morts que luy ;
En fin parmy des pleurs & des souspirs sans nombre,
Voulant d'vn dernier soin satisfaire à son ombre,
Ils le portent ensemble au lugubre sejour
Qui venoit d'enfermer l'objet de son Amour ;
La tombe à leur abord sans faire resistance,
S'entr'ouurit d'elle mesme aux yeux de l'assistance,
Et le marbre oubliant sa grosseur, & son poids,
Ceda visiblement à l'effort de deux doits :
Ces Amants plus heureux en la mort qu'en la vie,
Sembloient en s'approchant contenter leur enuie,
Et l'on eût dit à voir leurs corps inanimez,
Qu'ils prenoient à faueur d'estre ensemble enfermez :
Il semble qu'Amarante aupres de luy se plaise,
Et que Filinte encore en soit mieux à son aise,
Chacun pres de son bien, ne craint plus desormais
Qu'vn despart malheureux l'en separe iamais,
Ils font de leur tombeau, l'asyle de leur ombre,
Et rencontrant la paix dans la demeure sombre,
Où se doiuent mesler leurs cendres & leurs os,
C'est doublement pour eux, le lieu de leur repos.

F I N

I

www.ingramcontent.com/pod-product-compliance
Ingram Content Group UK Ltd.
Pitfield, Milton Keynes, MK11 3LW, UK
UKHW021017120726
13693UKWH00005B/2028